註東坡先生詩

卷三十二

施註蘇詩

二十五

陞芸六十四
石石㲉人石農摹陶鈺
夫葯房烋史芝山同集
蘇齋晤琹賦詩捧
先生生日鼓琴者蕙
陶高育麒後至者㲉
人吳錫麒也

詩三十[illegible] 起自潁移揚 盡兵部尚書

上巳日與二子迨過遊塗山荊山

記所見 左傳禹會諸侯于塗山杜 預註云塗山在壽春東北

此生終安歸 漢獻帝傳足下 欲持是安歸乎 還軫天下半 國語還軫諸侯可謂窮困韋昭注 曰還軫[illegible]言[illegible]諸[illegible]遭[illegible]厄困 蝎來乘

樏驒尚書曰予乘[illegible]載孔氏傳云水乘舟陸乘車乘輴山乘樏復祚

微禹歎左傳昭公元年天王使劉定公勞趙孟於潁館於洛汭劉子曰美哉禹功明德遠矣微禹吾其魚乎東坡云昔自南河赴杭州過此蓋二十二年矣從

祠及彼呱尚書禹曰予創若時娶于塗山辛壬癸甲啓呱呱而泣予弗子惟荒度土功東坡云山有啓廟像設偶此粲楚詞招魂像設君室靜閒安些毛詩今夕何夕見此粲者東坡云得塗山氏秦祖當亡

傳記

此 荆山碧相照楚水清可亂下[illegible]河

有餘坑美石肖温瓚韓詩外傳楚人下和得玉璞於荆山獻之武王使人相之曰非也王怒則其左足乃文王即位入獻之玉人又曰石也則其右足至成王時和乃抱其璞哭於荆山下曰吾非悲刖也悲夫寶玉而名之以石耳王乃使玉人理之得寶焉名曰和氏璧東波大荆山下有卞氏採玉坑石色如玉不受

[illegible]刻取此山[illegible] [illegible]不温[illegible]

[illegible]水大[illegible]出牛乳石池

東坡□□蘇白而甘真癖渴□研所謂石一日有石記古傳貞元
中朝白龜泉中杜子美太平寺泉眼詩香美勝牛乳小兒強好古韓退
之石鼓歌嗟余好古生苦晚侍史笑流汗史記孟嘗君傳孟嘗君待
客坐語屏風後常有侍史記君所與客語歸時蝙蝠飛韓退之山石詩
山石犖确行徑微黃昏到寺蝙蝠飛炬火記遠岸

淮上早發

恰似霜松囀春鳥蒼蠅莫亂逐雞[illegible]則鳴蒼蠅之聲世上誰知公覺早八年看我走三

州東坡去元豐八年予赴登州元祐四年赴杭州今赴揚州皆見仲車月自

當空水自流人間擾擾真螻蟻應笑人呼

作鬬牛吾聞仲堪傳父患耳聰聞牀下蟻動謂之牛鬬

次韻晉卿出新堤書惠見寄

[illegible]山亭見寄詩
由[illegible]祐六年三月從杭
州召還[illegible]七上章乞八月
自翰林承旨出知潁州故詩
士東都寄食似浮雲襆被真
成一宿賓七年正月改知揚
州子中繼公守杭公在杭時
西湖以所積葑為長堤子中
因後人之意為榜曰蘇公堤
載公所與子中帖真迹今
[illegible]汪端明家新堤[illegible]
[illegible]

水步

君湖上齋搖碧白樂天西湖晚歸煙波瀲灔搖空碧

花時甑有塵後漢范丹傳閭里歌之曰甑中生塵范史雲為郭

年来穀風景李義山雜纂有十三穀風景事連江夢雨不

知春左傳田於江南之夢杜牧之詩得州荒僻中更值連江雨東城入来詩杏

芍藥香之句揚州泛歲率為此會思花十與蛛史為舞氏病之故罷此會

味無宗知君遊上
癸讀冬宴在當飭問侍臣帝白公其陳文歸書
覧改也云啓聞封君果射然策擢日為妙第語三發人疇
咨言知不臨敢安以縣来拜號監稱察太御平史者進幾
如退仁邪祖而不已過明延道直中言親進覽善萬
自范呂雍夷晏簡殊張等耆一夏日竦罷陳堯
同[illegible]韓琦

□術淵源行己
剛正器識精深德行
古人文章冠絕於當世
以言事被斥至元祐間政
一新凡向之不合者率皆召
用矣故云苦言如藥石瞑眩
終見思屈信反覆手獨於君
司□疑四門方穆穆行矣又此
許乃入為□書郎遷工部郎
徽宗用為殿中侍□史生黨
論□□為□州卒於與陳瓘
□□□□京□□下詩□二□
□□□□□□□□□交山

……銅……諭……

四十如……是……神……皇帝之

……當具飢……而但……皆文字

則內人文曰此蘇軾文字

神宗忽時稱之曰奇才奇才

但未及用學士而上仙耳故

此詩有我窮真有數文字乃

只知意或

用此也

裕陵固天縱 神宗皇帝葬裕陵諭語 天縱之將聖又多[illegible]

[illegible]被雲

[illegible]劉家[illegible]

劉變則兇（小字雙行）我窮真有數文字乃見知聞君

日漢蕭望之傳以射策甲科為郎顏師古曰射策之言投射也妙語發瞶

咨漢賈捐之傳言語妙天下尚書帝曰疇咨若時登庸一日喧萬口

韓退之、崔立之之詩佳句衆[illegible]驚倒同舍兒漢直不疑[illegible]同舍

亡金[illegible]嘗秦少公其加[illegible]女[illegible]豈知二、

[illegible]

[illegible]終

[illegible]族嵩[illegible]不[illegible]辰[illegible]下友君夜子周易[illegible]而[illegible]

杏君可疑太四門方穆穆吉書家之四門四門穆穆行矣

及此時後學范式傳行美元伯

送張嘉父長官

張嘉父名大亨山陽人[illegible]

[illegible]豊八年第治春秋學[illegible]

[illegible]生吞之日[illegible]

[illegible]其下有人[illegible]

[illegible]意嘗叟之古紅不[illegible]
之臆書過都系兮躊躇[illegible]

[illegible]月之周旋其其所居嘗是
泗之南山今為盱眙也

都城吉傾去[illegible]
經名都者人君所居國之[illegible]
會孔子家語孔子遇程子於
途傾蓋而語
終日甚親[illegible]

駿馬袀服約[illegible]說文軓[illegible]再見[illegible]

與三[illegible]獲[illegible]講[illegible]

子賦□此詩　□□□□十年□十四
建□□此　倘中規矩十三十
宋法瑚璉注□論語子貢問曰賜也何如子曰女器也曰何器也曰瑚璉也徐
官有民社注文選潘安仁詩豈敢陋微官論語子路使子羔為費宰曰有民論
人焉有社稷焉何必讀書然後為學妙割無雞牛論語子之武城聞弦
歌之聲夫子莞爾而笑曰割雞焉用牛刀歸來我益敬三
□□□□□□□有器博用□

[illegible]輩[illegible]其人[illegible]晃韓退之詩[illegible]

月撩映雲朣朧二十四橋亦何有杜牧之[illegible]韓判官詩二四橋明月夜玉人何處教吹簫換此十頃玻瓈風歐陽文忠公自揚移穎次西湖詩六都將二十四橋月換得西湖十頃秋東坡復自穎移揚此句蓋

[illegible]又[illegible]雷[illegible]水乾禾黍[illegible]耕出餘[illegible]

在[illegible]甫宮
空[illegible]雅

次[illegible]韻西

[illegible]春已[illegible]甲仙 撫桌[illegible]呂仙請[illegible]

僧詩[illegible]實常本源花藥壺[illegible]
別有老杜子美有飲中八仙歌

来獨惆然 世傳有神仙欲度人問曰汝欲
仙乎欲為揚州牧手欲十萬[illegible]

乎荅曰但欲晉纏十
萬貫騎鶴上揚州耳 猶有趙陳同李

[illegible]設漢郭太傳[illegible]

[illegible]月十六日[illegible]

詩見懷次其韻

太山秋毫兩無窮莊子齊物論天下莫大於秋毫之末而大山爲小鉅細本出相形中老子長短之相形大千起滅一塵裏樓[illegible]之下視[illegible]九州[illegible]塵集毫端未覺杭潁誰雌

雄[illegible]云[illegible]云[illegible]詩[illegible]我仕[illegible]

月[illegible]穭絲[illegible]漢[illegible]序

雲何又[illegible]山始興南今過[illegible]鷲二十三

萬丈[illegible]葑[illegible]蒼雲空子由志東坡墓云在杭取西湖葑田積之湖中為長堤杭人名之蘇公堤漢項羽傳賛過秦論席卷天下揭来頭

尾弄秋色左傳昭公十二年楚子次[illegible]尾杜預曰穎水之尾在下[illegible]

[illegible]唐文粹李[illegible]

趙鞠窮亦以[illegible]瀆故使無社[illegible]

欲將百瀆起凶歲東坡去予以穎[illegible]奏乞留黃河夫萬人境內溝洫詔許之因以餘力浚治此湖覓使麗石愁揚雄揚雄傳家無擔石之儲[illegible]

西湖雖小亦西子縈流作

青[illegible]羊[illegible]或粹皮[illegible]休撥[illegible]化千夫餘[illegible]

蕉[illegible]與長[illegible]

[illegible]

書 [illegible] 子 [illegible] 日

[illegible] 郎 不 [illegible] 生宿[illegible]之宮[illegible]忠[illegible]德

明息[illegible]知太[illegible]入年起明[illegible]宮[illegible]子

美平侍御硯詩云君舍起草姿不[illegible]明光

假一行作吏人不識

晉嵇康傳一行作吏此事便廢韓退之[illegible]

生行嗟哉董生孝且慈

人不識惟有天公知

正似雲月[illegible]

[illegible]

吳我羅龍船[illegible]後民失其利[illegible]

侍帝側燈花已綴釵頭蟲韓退之[illegible]黃裏排金[illegible]

頭綠玉蟲更須將[illegible]
喜事來報主人[illegible]

[illegible]宮[illegible]勸卞皆會客毛正神急恭

千[illegible]捨[illegible]下一[illegible]

文[illegible]卅[illegible]師[illegible]

爾來[illegible]丁有[illegible]年矣[illegible]迅

午食無處空羹爲淮海師尚書淮海惟揚州毋愧廚

傳關漢宣帝紀文飾廚傳稱過使客韋昭曰廚謂飲食傳謂傳舍爨無

欲清人奉使免內熱莊子人間世篇子[illegible]也執粗而不臧

[illegible]清之人今[illegible]朝受命[illegible]與空頻[illegible]

□作通□□□言可人米敏曰□

又能辨賊鼎器手自絜金釵候湯眼白□牛思□

金釵十二行注去思黯多妓妾魚蟹亦應訣陸羽茶經沸如魚眼有

聲為一沸崔珏謝從叔寄茶詩一□鼎□煎紅□眼遂令名□味一

一□□始□□不□□口哉

[illegible]而[illegible]子[illegible]日萬[illegible]伏池[illegible]

通小[illegible]夫[illegible]戲作小詩為僚友一笑

夢時良是覺[illegible]時非 圓覺經如夢中人夢時非無及至於醒了無所

得汲井埋盆故自癡 韓退之盆池詩老 真箇似童兒汲

盆作[illegible]見[illegible]黃太白 唐地理志

[illegible]外三各文[illegible]形如覆壺仇池[illegible]
五千四十步天形四方壁立千仞[illegible]
二十一道可攀援而上見役漢西南
迷

安韻恩無文學士相迎
無參　補六角州更時之
斛　曼木十戍道

州東　采為管　詩
迎陶靖節　詩其
一篇為無咨作有是　天獻
睦結交及未仕之句辛子厚
當因由佐著作出守壽
宗立還為郎黨論再起
四州忘情仕進葺歸
歸来子出籍

[illegible]談天衍[illegible]生[illegible]秦軍[illegible]
史詩吾慕魯仲連談笑却秦軍投
傳何休好公羊學遂著公羊墨守左
盲穀梁廢疾之乃發墨守鍼膏肓起廢
休見而歎曰康成入吾室操吾矛以伐我
手立
康成
千[illegible][illegible]不為某置錐
荀子儒者無置
錐之地而明於
七[illegible][illegible]心
端[illegible]太守牛馬

……學便……臣雖不肖……兼此頤成腑連進

轂手者余白志周疑未行後漢馮衍顯志賦遵大路而裴回兮

屐孔德之竊寘枉尺知吾有家戒孟子枉尺而直尋者以利言

避人聊復去瀛洲唐褚亮傳太宗為上將軍作文學

館[illegible]才以[illegible]等為學士凡[illegible]

[illegible]西南境[illegible]人飲酒無人伴

傾白墮文選謝玄暉直中書省詩紅藥當階翻蒼苔依砌上洛陽伽藍[illegible]東人劉白墮善釀使人久醉朝士千里相饋遺鶴觴亦名騎驢酒賣子野酒譜亦云

每到[illegible]山憶醉翁平山堂在揚州大明寺[illegible]陽文忠公修建手題

[illegible]李商隱詩[illegible]山曹君[illegible]我路

[illegible]

[illegible]頭[illegible]重題[illegible]

員別駕[illegible]晉職官志州[illegible]刺史

別駕從事等員猶堪十里卷春風杜牧之贈別詩春風十里揚州路卷上珠簾揔不知

次韻范淳父送秦少章

[illegible]

□□師詩如□陷王也言求□

句法本黃子謂曾直也漢司馬遷二傳曾道論於黃子

揩磨謂其兄少游與張文潛也劉伶酒頌二蒙侍側焉如蜾蠃之與螟蛉

嗟我□進□羣禮記子夏曰我離□□而□□久矣逝將老酉

河□□傳□向字□夏子曰□子□子夏居□□度子安日

西□□□□中

壹迺誌
諳[illegible]
劉方[illegible]修天下使入一日耳枯桐得[illegible]和禮周
孙竹之管雲[illegible]之[illegible]冬日至於地上之圜丘奏之近聞館李生謂李
鷹方叔也病鶴借一柯贈行苦說我妙語慰[illegible]
跎杜子美寄高適詩聞君已朱紱且得慰蹉跎西羲已鮮
充國傳元康[illegible]年先零與諸羌

聞林夫當徙靈隱寺寓居戲作靈

隱前一首

唐坰字林夫事見二十九和唐彥猷詩送其子坰詩註

靈隱前天竺後兩澗春淙一靈鷲靈隱大[illegible]坐[illegible]間有靈[illegible]鷲[illegible]娑竭羅龍[illegible]佛所不知水從

何[illegible]青[illegible]

曰六[illegible]一[illegible]跋

廓不漢[illegible]賦[illegible]彙[illegible]次[illegible]點[illegible]者欲一靈隱居葛

衣草屨隨僧蔬能共泉作主一百日不

用二十四考書中書 唐書郭子儀傳校中書令考二十四

滕達道挽辭二首

滕達道名甫字元發 以避高魯王諱[illegible]

[illegible]白[illegible]
[illegible]任者朋黨汨之[illegible]
[illegible]知君子小人之黨[illegible]
曰君子無黨譬之草木
相附者必蔓草非松[illegible]也
帝大息曰名言也擢御史中
丞翰林學士尹開封知守鄆
之二[illegible]人覲狠狠言新法之
[illegible]言又奏跡[illegible]新法
[illegible]之[illegible]祖下一
所[illegible]不
心[illegible]意
一婦[illegible]也

山挺[illegible]揚[illegible]

京名將之風

卒年七十一

自鄧默守安池

云雲[illegible]迎江寺換山落木

[illegible]指[illegible]也當階廢時東坡

亦補閑郡繼謫黄岡皆以論

新法得罪而拳拳憂國之意

若一故云君方占賈鵬[illegible][illegible]

買龔牛共有江湖樂俱[illegible]

畝憂自黄移汝上

享田在宜興乞居常[illegible]

[illegible]

先帝知公早占懷第一人屈[illegible]虛[illegible]
恩附任數遇物物終不親至今詩禮將左傳僖[illegible]七年晉作[illegible]
謀元帥趙衰曰郤縠可亟聞其言[illegible]樂而敦詩書詩書義之府也禮樂德之則
也德義利之夲也君其試之乃使郤縠將甲惟數武宣呂漢公孫弘
傳贊[illegible]求之如弗及漢之得人於兹為盛[illegible]以及孝宣之世
也羊七[illegible]行古用時來亦
[illegible]

刑新范[illegible]卷

傳批曰識 毛詩雖無[illegible] [illegible]空氣華邊箋

漢高祖紀興闌 邊塞李奇曰[illegible] 無留栢[illegible] 漢王 商傳

河平四年單于來朝公相商出未央廷中 單于仰視商貌大畏之天子聞而歎曰此

真漢相韋杜子美 詩韋賢初相漢 淒涼舊部曲 漢李廣傳 行無部[illegible]

行陳顏師古曰續漢書百官志將軍 軍皆有部曲杜子美詩淒涼餘部曲

[illegible]塚前麟 杜子美曲江詩花[illegible] [illegible]臥麒麟

人將去[illegible]我亦買龔牛太守令民[illegible]

牛賣刀買犢共有江湖樂俱懷畎畝憂漢傳

雖在畎畝猶不忘君荊溪欲歸老常州圖經荊溪在宜興縣浮玉

偶同遊潤州圖經金山本名浮玉山骯髒儀刑在後漢趙壹

傳伊優北堂上[illegible]骯髒倚門邊[illegible]人道韓退之南山詩[illegible]呼[illegible]破

碎回頭雜[illegible][illegible]叢[illegible]志詩曰[illegible]歐者高[illegible]

[illegible]田橫[illegible]藤[illegible]

新苗未浸鶬 軾□□鮮詩以毘知已分觸皮覺粉冰 老葉方

翳蟬 晉顧愷之傳桓玄嘗以一柳葉紿愷之曰此蟬所翳葉也取以自蔽人不見巳庾信小園賦蟬有翳兮不驚 綠渠浸麻水白板燒松

煙 白樂天詩畫扉筒白板 笑窺有紅頰 韓退之聯句青

長袖紅頰烏畜 醉卧青華顛 新序云許顛而□□

[illegible]國傳[illegible][illegible]漢以來渡江弔[illegible]
山東出相山西出將
口羅隱潮州詩紫髯桑蓋過嶺酌貪
此沉吟很石猶存事可尋
隱之傳廣州石門有水曰貪泉隱之為
史至泉所酌而飲之因賦詩曰若使夷齊
飲終當不易心湘君步徙倚楚辭遠遊章步徙倚以遙思望級
脩連娟楚辭[illegible]脩[illegible]之連娟漢外戚孝武李夫人傳美連娟以脩嫮顧
表南技[illegible]和隨

[illegible]塔寺[illegible]

世傳王播飯後鐘詩蓋揚州石塔寺事也

相傳如此戲作此詩

飢眼眩東西詩腸忘早晏雖知燈是

大早知燈是大不悟鐘非飯山[illegible]

秖遺患漢高[?]紹此養乃知飯之
寃自遺患也

蓋具眼摭言王播少孤嘗客揚州惠
木蘭院隨僧粥食久之僧頗
目播出厭未聞而先飯訖乃鳴鐘魚後
鎮江都因訪舊遊所題字皆紗罩之因留
詩曰上堂已了各西東慚愧闍梨飯後鐘
二十[?]塵撲面時今始得碧紗籠釋氏
要覽[?]傳[?]光明阿闍梨[?]
重言[?]今[?]門梁語訛也

有淯

而循少[illegible]偃脂注脂長廿白樂天病言病瘦形如鶴魏志陸犒傳清癯

疾惡趙元達之醉翁遺我從子遊翁如退之蹤

軻丘尚欲放子出一頭東坡云嘉祐初與子由寓興國寺

美叔忽見訪云吾從歐陽公遊久矣我來與子定交謂子必名世老夫亦

也出一頭地子由志先生墓云假[illegible]射[illegible]文忠公見之[illegible]

傳嘗謂賞友□懷祖正當作□□祖更求會稽便自邈然王述字懷祖

萬壑爭交流東坡云美叔方乞越著之傳人問會稽山水之

日千巖競秀萬壑爭流

王文玉挽辭

□貞文三□子美簡鄭廣文詩才□□四十年坐客寒無氈

□遠去□□□德□□□

何曾淚葉乾禮記朋友之墓有宿草而不哭焉

猶喜諸郎有曹志文章還復留波瀾杜子美酬高蜀州詩文章曹植波瀾闊三國志魏陳思王曹植傳小子係家之主也

送[illegible]人遊廬山

詣比年三見之常苦有所適道
毛詩逝將去汝適彼樂國計闊道愈窮吾生如寄
珠林謝安與支遁書去人生如寄耳終日戚戚遲君來以晤言消之出處言
能忍昔王羲之傳殷浩曰悠悠者下出處之觀政之隆替江南之

□□豐□□倉功利以病農漢董仲舒

傳仁□謀其利不計其功君欲言之路無從漢武帝紀復奉

正義敢路無從移書諫臣以臣通漢劉歆傳移書太常博士東

云諫臣蹇受之也元豐天子為改容漢賈誼自王集

之貴皆天子之所□案而禮之□我時疋馬江□

時親往屋察迹恭與俱坐桑止其旁旁有小兒親曰何不捕之方將雛親瞿然起曰蝗不犯境一異及鳥獸二異也豎子有仁心三異也以狀白安

爾來明目達四聰文選諸葛孔明師表爾來二十有一年尚書舜典明四目達四聰

收拾騏驥冀北空文選魏都賦冀之北土馬之所生組駮□樂一過冀北之野而

一之大□郵

二 羣

手……鏘之……何必須此翁杜子美十八詩可鄭

念此……直道 白沙岸……也

谷林堂

深谷下窈窕毛詩窈窕淑女文選王曾靈光殿賦旋室㛹娟

窕

高林合扶疎漢司馬相如上林 扶疎陶淵明詩

槐苦無賴史記高祖紀始大人賴不能治產業杜子美

花無賴風花欲填渠庾信昇風詩風花直亂回山雅

甕谿蠟燭清壺寄懷勞生久李太白詩世若大夢胡

爲勞其云守[illegible]幽夢餘柳子厚詩月寒空古哢鬥幽夢綠雲生

又書杜子美所詩書傳記朝夕

頁宜待皆

[illegible]宿[illegible]晉書謝[illegible]傳[illegible]享[illegible]

記乘穡木年看雨養驪龍管子十年之許

樹之以木尺五城南杜雞跖集韋曲北鄭近長安諺曰城南

韋杜去天尺五杜子美贈韋七詩時論同歸尺五天次閒東坡學齋

松

君方掃雪收松子我已開秦得

二年三躡過汴舟歎段還逢馬[illegible]傳從弟少游常曰士生一世但取[illegible]足乘下澤車御歎段馬為郡掾史守[illegible]鄉里稱善人斯可矣無事不妨長好飲史記陳軫[illegible]舉首見軫軫[illegible]曰[illegible]何好飲也[illegible]首[illegible]世著書直要且窮愁史記虞[illegible]卿傳不[illegible]春秋下觀近世曰節義[illegible]八篇世傳之曰虞氏[illegible]

[illegible]窮[illegible]孤村[illegible]

曰樂滿頌

梁文貺使義秀才

幼眇和寡漢元帝紀贊曰元帝多材藝善史書自度曲被歌聲分刌節度窮極幼眇顏師古曰幼眇讀曰要妙文選宋玉對楚王問曰客有歌於郢中者其曲彌高其和彌寡崢嶸肝肺而交難李

杜崢嶸[illegible]高論赤絃飛瓦彈清角韓子晉[illegible]

新復爲之詩[illegible]蹤曰[illegible][illegible][illegible]
故神體跳足涸涉揮水盛[illegible][illegible][illegible]

見秋風吹洛水邊知霜葉滿長安[illegible]

風吹渭水落葉滿長安摘詩賈島得意[illegible]
葉滿長安一句求作一聯杳不可得[illegible]

放逐吳[illegible]入了莫遣孫郎帳下看魏文帝
典略[illegible]

曰[illegible][illegible]書典孫伯符以[illegible][illegible]
[illegible][illegible][illegible]長[illegible][illegible]使孫策張下

有[illegible]可勝[illegible]言而
消得已念灰冷而[illegible]盡
觸予[illegible]妻病心形俱瘁感之作詩
菊盞萸囊自古傳長房寧復是臞仙 續具崗
譜記費長房謂桓景曰九月九日汝[illegible]
有災異急令家人縫絳囊盛茱萸[illegible]
登高飲菊花酒可消此禍漢司[illegible]
[illegible]傳列仙之[illegible]居山澤[illegible]形[illegible]

楞嚴經
舌老見恒河性故依然 匿王言我
不生滅性汝年幾時見恒河水王言[illegible]
三歲經過此流爾時即知是恒河水[illegible]
如汝所說二十之時衰於十歲乃至六
日月歲時念念遷變則汝三歲見此河時
至年十三其水云何王言如三歲時宛然
無異乃至于今年六十二亦無有異佛言
[illegible]今自[illegible]皺其面必定皺於童年
則汝[illegible]河昔童時觀河之見
世尊佛言[illegible]皺
[illegible]皺者為變不皺非變
[illegible]受

子

諭使令賦黃樓詩第二篇

東坡云聽相廳事俗謂之霸坐僕折以蓋黃樓

九日次定國韻

朝菌無晦朔蟪蛄疑春秋莊子逍遙遊篇朝菌不知晦朔蟪蛄不知春秋此小年也南柯已一世我眠未轉貝淳于棼醉夢致命于槐國王以女為南柯太守仙人見

言

尚書惟口起着王郎誤涉世屢獻父不酬

黄金散行樂古樂府王褒高句麗行黄金散盡六浪白日蹉

太白将進酒歌天生我材必有用黄金[illegible]

盡[illegible]復來烹羊宰牛且為樂會須一飲三

百[illegible]漢楊惲傳人生行樂耳消詩出窮愁史記虞卿傳非窮愁不能

長[illegible]昔俛仰四十[illegible]羲之蘭亭敘俛[illegible]之以為陳迹始知此

華堂陳遺跡往往見

言負封人□販人中有第一流
世說桓大司馬問劉眞長曰聞會稽王語奇進爾邪劉曰極進然是第二流中人
桓曰第一流是誰劉曰正在我輩
炯然徑寸珠
史記田敬仲完世家梁王曰寡人小國也尚有徑寸之珠照車前後各十二乘者十枚
藏此□
結裘
荀子子著百結衣如懸鶉逸士□威隱居洛陽白社以殘系縷□□
號百結衣楞嚴經譬如有人於□中繫□寶珠不自知

□傳漢汲公□列傳皆如沐猴□
蓋寬饒傳長信少府以列卿而沐

盡病騏驥伎窮老伶優荀子螣蛇無
飛梧鼠五技□

北山有雲根白樂天太湖石詩截斷碧雲根寸田自可耕

黃庭經寸田
尺宅好治生

會當無何鄉同作逍遙遊莊子

逍遙遊篇□ 樹之無何有之
佛徨莫之□ 乎無為其側

歸來城郭

□記遼東□□華表
集襄駁□□歇白

佐兵　　　黃榆名　異荒雞

號月末三白　祖逖傳與劉琨同寢中夜荒雞鳴蹴琨曰此非惡聲

也因趙作史記曆書冬分時雞三號卒明　客夢還家時一頃　異聞

實錄江南處士陳季卿客長安十年不歸一日終南山翁以竹葉置寰瀛圖上謂

中令陳注目恍然至家信宿復回山擁褐而坐季卿謝曰豈非夢邪翁

自知之經月家人來訪歸去江湖[illegible]所以[illegible]詩皆在

門掖子由時爲門下侍郎故事聽謁有服親仍先上聞得旨乃出

青蓋在河梁文選古詩飛蓋何翩翩董卓傳乘金華青蓋拔故事宰相執政許張青蓋文選古詩携手河梁上

宣飾黃封苕內庫法酒以黃羅絹封冪謂之黃封酒苕歐陽文忠公感事詩注云仁宗朝作學士上章閣賜黃封酒一瓶腐函一斤

遠來無物可相

詩文選之六合[illegible]城不臺高吟樓增[illegible]金碧[illegible]尺柱[illegible]三

復穿鴛鷺[illegible]杜子美[illegible]葛春詩不息豺兕闘[illegible]鴛鴦行劉禹錫[illegible]賣貪

外詩鵷鷺[illegible]老池出遠章強尋麋鹿迹晋[illegible]雲傳乃是山[illegible]野麋白樂

天上書寫真詩士木形骸麋鹿心勞生苦晝短文選古詩晝短苦[illegible]

長何不秉燭遊展轉不能夕毛詩展轉不寐潘安仁秋興賦

介而不寐兮獨展轉於華省默坐數更鼓顏[illegible]

[illegible]
楚執珪貴富矣亦思越不中謝
之人之思故在其病彼思越則越
越則楚聲使人往聽之猶尚越聲也
雖棄逐之楚豈能無秦聲哉東坡云
請越

二 次韻蔣潁叔錢穆父從駕景靈宮

時有 名之奇 二十
[illegible]發運 錢穆父

八
典
二同又
叜之而波為兵唐穆公
有班客小語盖記
戶部侍
尚書也
歸來病鶴訪城闉田丁令威事見前詩注舊踏松
雨雲新半白不羞垂領髮文選潘安典賦素髮
垂領杜子美上巳
詩鬢毛貞白
軟紅猶戀屬

以助精禋尚書禋于六宗孔[illegible]曰精意以享謂之禋

與君益直記初元白首還同入禁門

移班容小語杜子美橋陵詩[illegible]殿莓苔世說支道林語[illegible]逸步一

未可去分道與[illegible]小語一囪論莊子道[illegible]齋廷稽首泣微汨

夫祁[illegible]洲[illegible]交益[illegible][illegible]果坡云[illegible]與[illegible]移與[illegible]語道之病

[illegible]之豈

甯子功中書公復

以涵星　父侍講甯子功有

純父士　以月石風林屏鳴

謹和子功詩并求純父斆句

紫潭出玄雲爵我潭中星後漢[illegible]傳玄[illegible]

三子歐梅蘇無事自作雪羽爭[illegible]

集歐陽文忠公鵶石屛歌晨光入[illegible]

鷩肥膊羣飛[illegible]乱鳴穿林四散投[illegible]

巢中雛待[illegible]下啄雄鳥盤雌雄[illegible]

呼兒復還蘇[illegible]叔月下硯歌[illegible]

汲月月吹[illegible]水[illegible]星入[illegible]形霞磁

變[illegible]盛砂白[illegible]貫[illegible]㙂梅[illegible]俞和吳

士[illegible]其中白色圓如[illegible]

又[illegible]為[illegible]乃持問歐

[illegible]

驚匪往若守　詠長句賦發蹄月齊肅外驚人
非常所能及晁為快世小之說破星心如
鳴孟郊聞雞……月口能說……床頭復一月下
風衿橫急送小范家護此涵星泓願
陵博一句山木盡與洪濤傾杜

星行我生之辰月宿南斗箕[illegible]
時傳簸揚二星各在天什伍東西
牛奐斗汝
獨不能神
簸[illegible]揺桑榆盡西靡
文選[illegible]
書云集[illegible]
之衛望咸陽王
東王常思長安
五日注六宣帝子
平冢上樹盡[illegible]
向而靡淮南子
景在桑榆謂之
彩落茱子現與
天[illegible]哟[illegible]
不軫傳謂舉之
居

[illegible]

王[illegible]時[illegible]生五月朔日生一莢至半則莢自十六日沒

落莢至月晦者以是占歷應和而生以名之蓂莢自慷

史牛馬走佚其[illegible]士倡伶文選司馬報任安書

史公牛馬走[illegible]馬遷再拜言僕之先有剖符丹書之功文史星歷近乎[illegible]

間固主上所戲弄倡優畜之流俗之所輕也欲留衣[illegible]

故持二物與夫子欲使妙曾

禰正平鸚鵡賦體全精之妙……但令滋液到枯槁……

景生晦冥文選……篇……建名都攀上書挂名

待我韓湛之與御書注名三自可當雷霆

書……登……登……齡……兇……時德宗欲相裴……文人亦登……登

口宣

沐

葵樓黑燕也漁韓火　撫物懷人應

歎毛詩嗟我懷鄭中詩序撰　謝靈運擬感往增愴作詩

子誰當聽

次韻錢穆父會飲

先生論新法出為杭時年三十六歲

袮錢穆父與公同
同去守杭越至是
去與君幾合散先生
為湖曹穆父任户部為
官不任事造物真
賢勞金穀方派
丞相主黄河東
之公卿雖少善河
正詳載三十八卷
河上度北派

注

三[illegible]闕觀[illegible]上表宮門其
上可居登之可[illegible]故謂之觀人臣將

朝至此則思其[illegible]文選江文通詣建
王詩伏思託後於劉熙釋名果愚在闕

外[illegible]復也臣將入
請事至此復重思

東門未祖道

漢疏廣
移病告

故人邑子設祖道
供帳東都門外

西山空拄頤

晉王[illegible]
傳[illegible]

白卿在府日久比當相料理徽之
沖以手板拄頰云西山朝[illegible]

鳶而行曰鳥則擇木木豈能擇

逍遙遊篇鷦鷯巢於深林不過一

君與合散得酒忘醇醨君談似落屑

之傳字彥國王澄曰彥國吐佳言如鋸木屑霏霏不絕我飲如奕其

東坡云世有作詩如奕棊奕棊如飲酒飲酒乃天成之語豈棊酒二事俱不能也

居宮不在事史紀有能奮庸美起相事蘇秦傳

秦說趙君始君西六

君私主

唐

為白浩史杕杜乃號……公卿雖……

河流正東灑漢……為河所從來者六……得難以行平地數

為敗廼釃二渠其河注云釃分……我得會稽去方回良

不凝晉郗愔傳字方回還太常固讓不拜樂補遠郡出為會稽內史久之乞

骨因居會稽